AF337589

L'HOMME

Tel qu'il doit être,

OU

PENSÉES PHILOSOPHIQUES ET MORALES

d'un Élève de la Nature.

PARIS. IMPRIMERIE DE CARPENTIER-MÉRICOURT, RUE TRAÎNÉE, N° 15,
près Saint-Eustache.

L'HOMME

TEL QU'IL DOIT ÊTRE,

OU

Pensées Philosophiques et Morales

d'un élève de la nature,

DÉDIÉ AUX HOMMES,

PAR F.-F. LEGRAND, D'ORLÉANS,

AUTEUR DU *Portrait de la Femme*, PRÉSENTÉ A S. A. R. MADAME, DUCHESSE DE BERRY.

La sagesse prospère où périt la sottise ;
Tous les êtres des Dieux ont reçu certain don :
Les animaux l'instinct, les hommes la raison,
Qui cultive l'esprit d'une ardeur empressée ;
Animal par les sens et Dieu par la pensée,
C'est dans la liberté que paraissent les mœurs,
En masque ne les cache on les lit dans les cœurs

FRÉDÉRIC, *Roi de Prusse.*

PRIX : 50 CENTIMES.

PARIS,

CHEZ BARROCAT, LIBRAIRE, PALAIS-ROYAL
A LA LIBRAIRIE ANCIENNE ET MODERNE,
Boulevard des Italiens, N° 21 ;
CHEZ L'AUTEUR, RUE SAINT-DENIS, N° 394,
ET CHEZ LES MARCHANDS DE NOUVEAUTÉS.

1828.

ÉPITRE DÉDICATOIRE.

A l'homme d'honneur et d'esprit
Est dédié ce faible écrit ;
Si je puis avoir son suffrage,
Je suis content de mon ouvrage ;
Avec son approbation,
Je ne crains pas un seul Fréron ;
Un Elève de la Nature
N'aime que la vérité pure.

Un Mot sur cet Ouvrage.

Si je mets au jour ce petit opuscule, ce n'est point
par état. Je cultive les lettres par plaisir; mais ayant
fait le *Portrait de la Femme*, j'ose faire connaître
comment je pense que doit être l'homme d'honneur.
C'est aussi dans le but que mes pensées pourront
peut-être s'accorder avec celles des hommes vertueux,
que je les fais paraître : elles démontrent que rien
n'est si doux que le plaisir que l'on éprouve en
obligeant son semblable, que l'on doit tout braver
pour soutenir la vérité, défendre sa patrie, ne vouloir
que le bien de l'humanité; malheureusement pour
moi je n'ai point fait d'études, et, je le sais, mon
style n'est pas élégant; mais je crois mes pensées
naturelles, et si je suis compris, je serai heureux.

L'HOMME

TEL QU'IL DOIT ÊTRE.

Pensées Philosophiques et Morales.

Pour être heureux toute la vie,
Cultivons la philosophie,
Elle est le soutien de l'honneur,
L'assurance de la douceur.

Qui n'aime pas son semblable
Est un être méprisable.

Il faut de son pays
Vaincre les ennemis,
En bannir la licence,
Protéger la science.

L'écrivain vertueux
Est un présent des dieux.

Jamais de haine ni vengeance
N'exerçons sur notre pays ;
Ce n'est point lui qui nous offense ,
Ce ne sont que ses ennemis.

Qui prend parti pour une chose
Doit , s'il est un homme de bien ,
En savoir soutenir la cause ,
Que l'intérêt n'y soit pour rien.

Notre sort fait envie ,
En préférant mourir ,
Plutôt que de trahir
Nos amis la patrie.

Aime la liberté
Pour être respecté ;

Qui n'a point de courage
Mérite l'esclavage.

N'aimez jamais dans un écrit
Contre vos semblables médire,
Les hommes d'honneur et d'esprit
Dédaignent la vile satire.

Il faut aimer la vérité,
Tout autant que sa liberté.

L'écrivain que l'or peut séduire
Est plus à craindre qu'un serpent;
Sur toute chose il sait médire,
Et c'est le fléau le plus grand.

En faisant mal par ignorance,
Nous avons droit à l'indulgence.

En médisant de son prochain
Sous le masque de l'anonyme,
L'on ressemble au vil assassin
Qui dans l'ombre commet un crime.

***

Nous devons fuir en tous les tems
L'homme qui séduit l'innocence ;
C'est un monstre dont la présence
Ne peut causer que des tourmens.

***

Quand la colère nous domine ;
De tout nous voulons la ruine.

***

Mortel, ne fais jamais le bien
Dans l'espoir d'une récompense ;
Il faut obliger son prochain
Sans vouloir de reconnaissance.

***

L'homme sans religion
Est un être sans raison.

L'homme dominé par l'usure
Est un fléau pour les humains,
Son cœur méconnaît la nature,
Pour de l'or il vendrait les siens.

Tout homme raisonnable
Protège son semblable.

Voulez-vous être respecté,
N'aimez jamais être flatté;
De même que la médisance
N'ait sur vous la moindre puissance.

Aimons notre prochain,
Protégeons la jeunesse,
Ne faisons que le bien,
Respectons la vieillesse.

Pour être sage écrivain,
Il faut détester l'envie;

Et ne vouloir que le bien
De l'homme et de sa patrie.

⋈

L'on doit d'un écrivain,
S'il est homme de bien,
Reconnaître l'image,
En lisant son ouvrage.

⋈

Qui reproche un bienfait
Est un être imparfait.

⋈

Avons nous du courage,
De l'esprit, du talent,
Il faut en faire usage
Pour sauver l'innocent.

⋈

Pour mériter l'estime
De tout homme d'honneur,
Il faut haïr le crime,
Protéger la candeur.

Honore ta mère et ton père ,
Pour que ton destin soit prospère.

Pour ton ennemi malheureux ,
Deviens un ami généreux.

Dans l'homme vertueux et sage ,
L'on reconnaît de dieu l'image.

Vous n'êtes sûr de votre ami ,
Qu'en ayant eu besoin de lui.

L'homme dont l'âme est toujours pure ,
Ne doit pas craindre la censure.

Comptons nos jours par des bienfaits ,
Dans notre cœur sera la paix.

Trahi par l'être que l'on aime ,
C'est le malheur le plus extrême.

Qui pardonne sincèrement,
Prouve qu'il a du sentiment.

En aimant la flatterie,
Vous aimez l'hypocrisie.

L'homme noble et courageux
Ne craint rien de ses envieux.

En obligeant votre semblable
Vous serez toujours estimabl

De la justice aimons les lois,
Pour que l'on respecte nos droits.

Chérissons la morale,
Détestons la cabale.

Toujours un trait d'humanité,
Dans notre cœur met la gaîté.

Ce sont les bonnes lectures,
Qui rendent nos âmes pures.

En aucun tems l'homme d'honneur,
De la mort ne doit avoir peur.

Oui, l'amitié sincère
Nous répond du bonheur,
Toujours elle sait plaire
Par sa noble candeur.
Elle aime pour la vie,
Et sa plus chère envie
Est de combler nos vœux,
Elle offre sa fortune
Dès qu'on est malheureux,
Et jamais n'importune.

L'homme qui trahit son pays
Est capable de plus d'un crime,

Il méconnaît parens amis,
Et fait le mal par anonyme.

Toujours un noble citoyen
Est prêt d'offrir jusqu'à sa vie
Pour le bonheur de sa patrie,
Et respecte son souverain.

Si ton cœur a de la noblesse,
Tu respecteras la vieillesse.

L'amour est un enfant
Qui fait tourner les tête
Qui peut rendre savant
Les êtres les plus bêtes;
Il donne au plus poltron
Un courage indomptable,
Enfin il nous rend bon,
Lorsqu'il est raisonnable.

Les bons livres sont des amis,
Qui toujours calment nos soucis.

Écrire dans le but d'éclairer son semblable,
Est le plus grand désir de l'homme raisonnable.

Un être ingrat est toujours dangereux ,
Ses soins pour nous sont remplis d'artifice;
Nous sommes bons quand il est malheureux.
S'il ne l'est plus, chez nous tout n'est que vice.

Le noble philosophe aime la vérité,
Il respecte les lois et veut la liberté,

Jamais un vrai guerrier au champ de la vaillance,
N'éloigne de son cœur un instant la clémence.

Tous les maux ne sont rien pour l'homme vertueux,
La perte de l'honneur seul le rend malheureux.

Respecter notre prince, aimer notre patrie,
C'est ce que nous devons faire toute la vie.

Quand il dépend de nous d'empêcher un malheur,
En ne le faisant pas, nous manquons à l'honneur.

Celui chez qui toujours règne la bienfaisance
Mérite notre estime, et notre confiance.

Le pays où les arts sont toujours florissans,
Verra chez lui la paix, et tous les cœurs contens.

Quand on a de l'esprit ou bien quelque génie,
L'on est quand on le veut, honnête pour la vie.

L'homme est ce qu'il veut être en suivant sa raison;
Mais par son amour propre, il cesse d'être bon.

L'être qui dit ne point croire en Dieu, ne peut le penser, puisque tout nous prouve que l'homme ne peut faire un pas ne peut ouvrir les yeux, sans voir des marques infinies de la puissance de l'Être Suprême, que l'animal le plus sauvage en sortant de sa tanière, regarde le ciel, séjour du Créateur de toute chose, et sans la volonté duquel tout serait inculte sur la terre. L'homme qui ne croirait pas en Dieu serait pire que la brute, le moyen de plaire à l'Éternel, c'est de l'adorer, de respecter nos parents, d'être toujours humains, de voir dans tous les peuples de l'univers nos frères, de ne jamais déguiser la vérité.

L'homme commet souvent des fautes par ignorance, le moyen d'y remédier c'est de faire instruire tous les mortels, et de leur démontrer avec douceur , que sans la vertu, la sagesse, l'homme ne peut être vraiment heureux.

Mourir en défendant sa patrie et pour le bien de l'humanité, est la mort la plus glorieuse.

Si vous avez de l'esprit du génie , servez-vous en pour éclairer vos semblables, et faire respecter vos lois, défendre l'innocent opprimé , et votre pays, et n'oubliez jamais qu'un écrivain doit être toujours prêt à tout souffrir plutôt que de taire la vérité; qu'il faut qu'il soit impartial , même envers ses plus grands ennemis.

N'imitez jamais dans vos écrits certains

journalistes que l'intérêt et l'envie domi-
nent, et qui pour dire un bon mot, s'oc-
cupent peu de perdre la réputation d'un
honnête homme, ces journalistes-là sont
pire que la peste, ils ressemblent à l'aspic
qui pique sans être vu.

L'homme qui dit du mal des femmes
en général, est un être sans bon sens, un
hypocrite; en les méprisant, il calomnie
sa mère, tout homme d'honneur doit fuir
la présence d'un pareil être.

Ne jugeons jamais personne sur l'appa-
rence, ni sans connaître toutes ses actions,
encore moins sur des dictons.

Pour n'avoir jamais rien à se reprocher,
c'est de ne rien faire sans s'être dit à soi-

même : serais-je bien aise que l'on me fît cela ? Non. — Eh bien, ne le faites pas ? Oui. — Faites-le.

Tel grand que soit votre esprit, votre génie, si vous voulez les faire connaître, attendez-vous à être décrié, calomnié par ces êtres envieux de la prospérité des autres ; mais croyez-moi, si vous écrivez dans le but d'être utile à l'humanité, à votre pays, riez de tout ce que peut dire la critique ; mais profitez des avis sages et des bons conseils.

La fortune est un don du hasard ; lorsqu'il nous vient, nous devons l'employer à faire des heureux, protéger les arts, l'industrie, soutenir les défenseurs de l'état ; qui ne l'emploie pas ainsi mérite le plus grand mépris. Avec de la richesse l'on peut faire autant de mal que de bien, avec elle le vice peut se montrer sous le masque de la vertu.

L'homme haineux, riche et puissant est plus à craindre que le débordement d'un fleuve, qui ne fait du mal que dans les endroits où il passe, tandis que le haineux peut réduire des peuples entiers à la misère, causer le trépas de tout ce qui lui déplaît. Rien n'est sacré pour lui, et si par hasard il fait une bonne action, c'est pour en voiler cent mauvaises.

L'homme tel qu'il doit être, est selon moi, celui que nulle puissance ne peut faire manquer à l'honneur, qui pardonne à ses ennemis quand il pouvait se venger,

qui ne veut que la paix de sa patrie, qui
enfin sait se connaître, et avoue avec la
même franchise ses défauts comme ses
qualités. Tous les êtres ont des uns et des
autres, plus ou moins, ce n'est que leur
sot amour-propre qui les empêche d'en
convenir.

www.ingramcontent.com/pod-product-compliance
Lightning Source LLC
Chambersburg PA
CBHW061817060726
47597CB00008B/3235